有川浩・作　村上勉・絵

コロボックル絵物語

（はじめに）

みなさんはコロボックルを知っていますか？

北海道のアイヌに伝わる小人の一族です。

「身長一～二寸《すん》、その性敏捷《せいびんしょう》にしてつねに身をあらわすことをきらっていたという。あるいは、その声のみあって形を見ず」――身長はたった数センチ、とてもすばしこくて人前にすがたをあらわすことをきらっていたようです。

大むかし、いたずらなアイヌの人につかまっていじわるをされてから、一族こぞってよその国へうつってしまいました。

その後はだれもそのゆくえを知りません。

よその国へうつってしまったコロボックルは、もう北海道にはいないのでしょうか。

おや？　その北海道に住んでいる女の子が、コロボックルに興味《きょうみ》を持ったようですよ……

コロボックル絵物語

有川 浩・作
村上 勉・絵

広い畑や牧場がたくさんある、北の大地の町に、
ノリコの一家は暮《く》らしていました。
ノリコと、やさしいお姉ちゃんと、
働きもののお父さんの三人家族です。
お母さんは町の近くのお墓《はか》に眠《ねむ》っています。
ときどき、家族そろって会いにいきます。

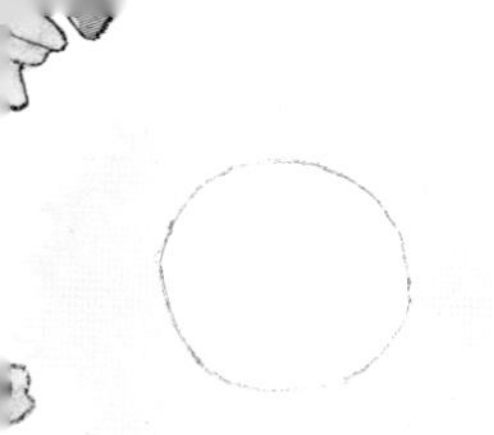

お母さんのお墓《はか》のまわりには、小さなフキがたくさん生《は》えています。

お父さんの畑や牧場のまわりに生《は》えている大きなフキより、
ずっと小さくてかわいいフキです。

「今日はフキのまぜごはんを作ろうか」

お姉ちゃんが、ぷつんぷつんとフキをつみはじめました。

ノリコもぷつんぷつんと手伝っていると——

「あれっ」

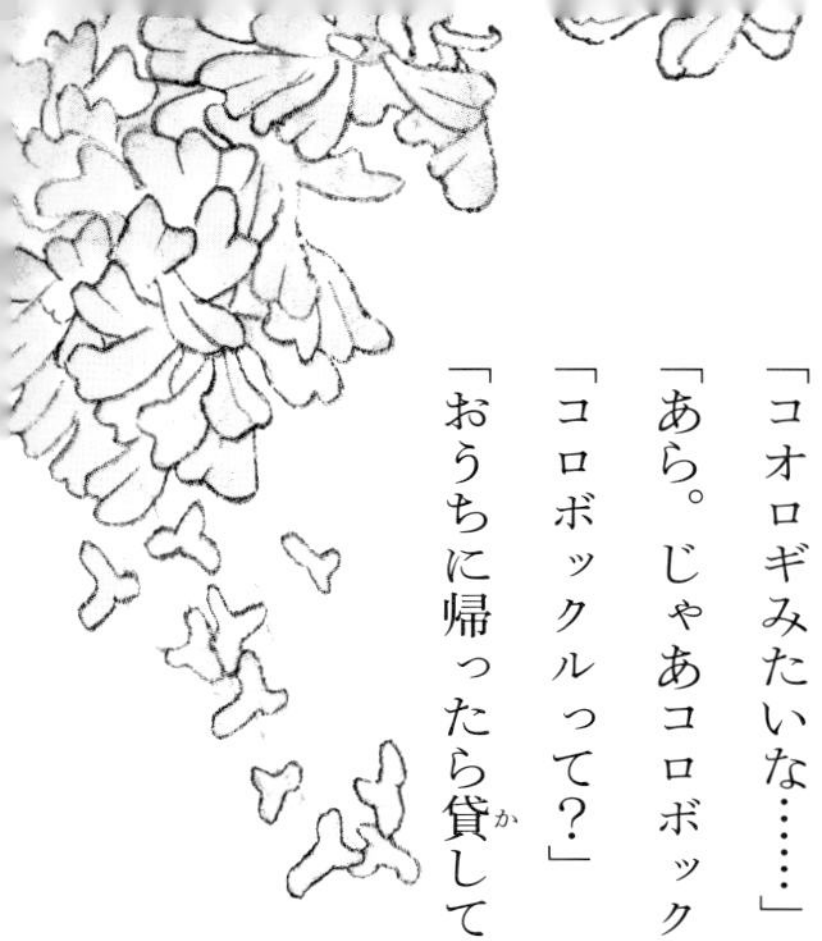

何か小さな影《かげ》がはねました。
コオロギのようにも見えましたが、
まだコオロギが出てくる季節ではありません。
「お姉ちゃん、何かはねてる」
「バッタじゃないの？」
いえいえ、はねた影《かげ》は丸っこくて、
バッタのように細長くはありませんでした。

「コオロギみたいな……」

「あら。じゃあコロボックルかもしれないわね」

「コロボックルって？」

「おうちに帰ったら貸《か》してあげる」

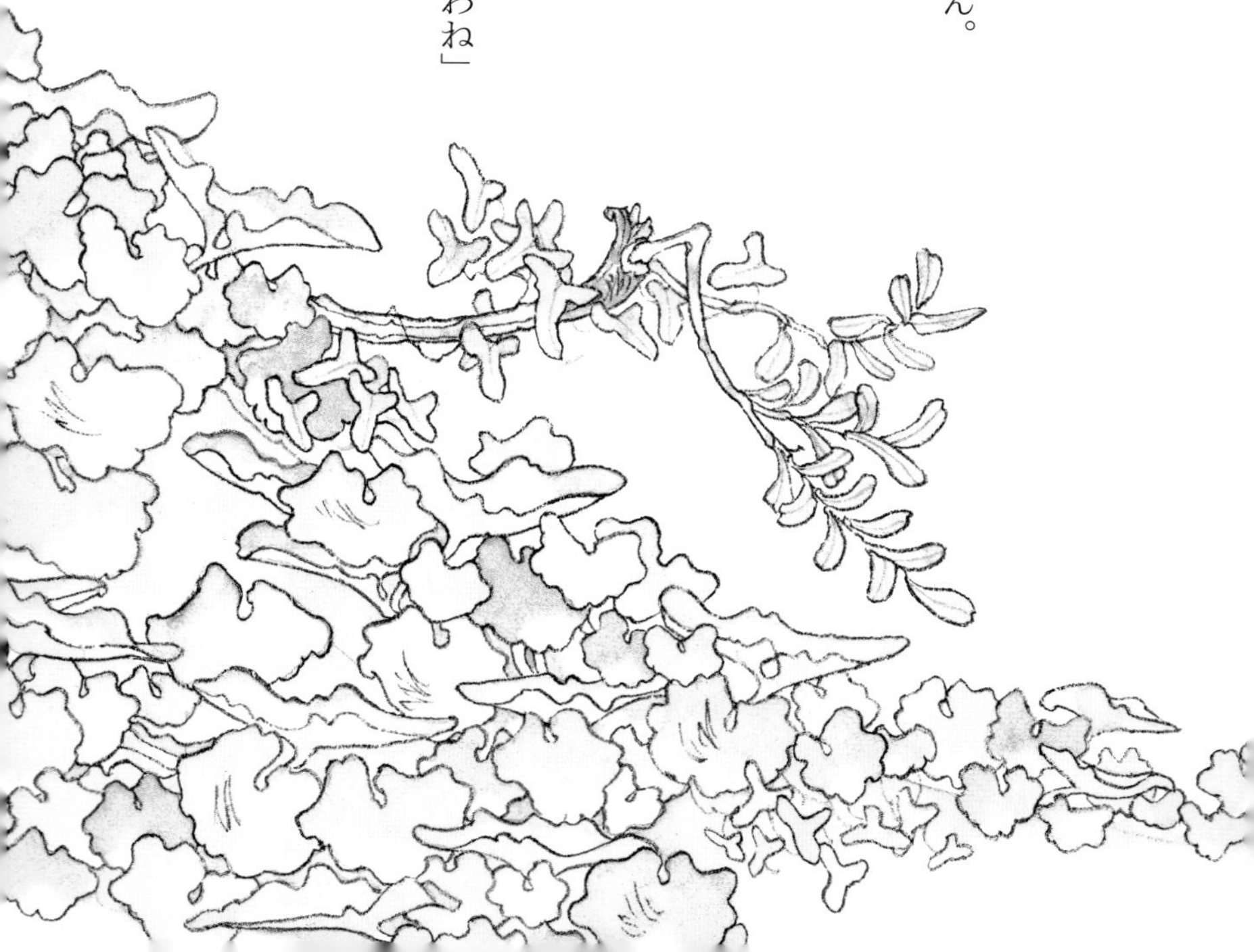

「はい、これ」

それは『だれも知らない小さな国』という本でした。
全部で4冊ありました。
ノリコはむちゅうになって次々に読みました。

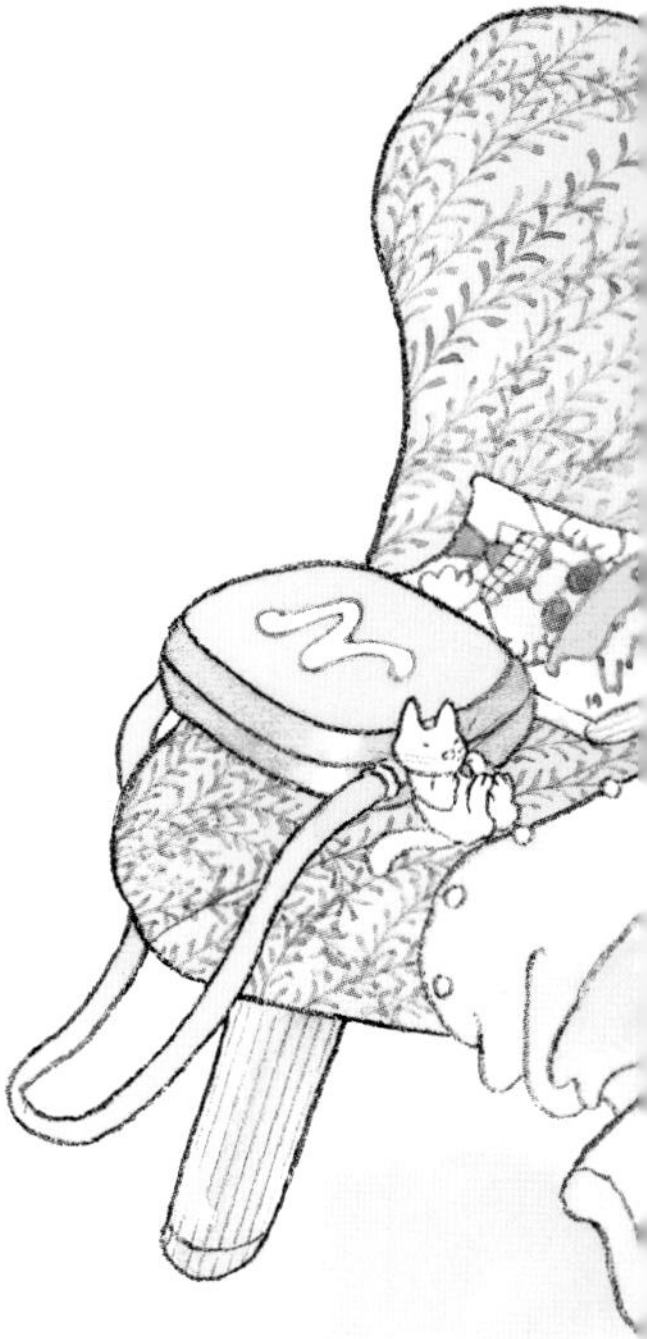

AlBUM
ALBUM -1
ALBUM -2

『だれも知らない小さな国』佐藤さとる

二十年近い前のことだから、もうむかしといっていいかもしれない。ぼくはまだ小学校の三年生だった。

ふいに、そこへ出たときの感じは、いまでも、忘《わす》れない。

右がわが高いがけで、木がおおいかぶさっている。左はこんもりとした小山の斜面《しゃめん》だ。ぼくの入ってきたところには、背《せ》の高い杉林《すぎばやし》がある。この三つにかこまれて、平地は三角の形をしていた。杉林《すぎばやし》の面が南がわだから、一日じゅう、ほとんど日がささないのだろう。足もとは、しだやふきやいらくさがびっしりはえていた。

左手の三角のかどに、小さないずみがわいているのを、すぐに見つけた。

ふと杉林《すぎばやし》の中に、人の気配がするのに気がついて、ぼくは顔をあげた。
ぼくのよく知っている、トマトのおばあちゃんのしわくちゃ顔だった。

「この山には、魔物《まもの》が住んでいて、むやみにあらすとたたりがあるって。いまでもめったに人は近よらないよ。その魔物《まもの》というのが、とてもおもしろいんだから。たしか〝こぼしさま〟といってな」

「〝こぼしさま〟って？」

「この小山に住んでいる小さな小さな人のことさ。とてもすばしっこいんだよ。むかしは二つの村をわるい神さまからまもってくれたらしいんだね」

こうして、この小山はぼくにとって、ますますたいせつな、忘《わす》れられない場所になった。幸い、ぼくがそんな場所を知っていることは、だれにも気がつかれなかった。

ぼくはいつものように、小川の流れの中を、はだしになって歩いた。

思わずぎょっとして立ちどまった。

ひとりの女の子が、岩の上にすわっていて人形のようにじっと動かずにいた。

なんだい。たかが女の子じゃないか。あんなやつに、小山に入られてたまるもんか——。

そう考えて、こんどは口ぶえをふき、水音をわざと高くあげながら、近づいていった。

「きみ、だれときたの」

「くつがない。かたっぽしかない」

女の子は、一つだけ岩の上にのこっていた赤い運動ぐつをひろいあげ、あわてたように
あたりをさがしはじめた。

「さっきまでここにちゃんとあったのに……」

すると、ちょうどぼくがそこへいくのを待っていたように、草の根にひっかかっていた赤いくつが、水におされて、するするっと流れ出すのが見えた。

「あった、あった」

水しぶきをあげて、くつにかけより、手をのばした。そして思わずその手をひっこめた。小さな赤い運動ぐつの中には、虫のようなものがぴくぴくと動いているのに気がついたからだ。

あれが、こぼしさまだ！

それから長いあいだ、ぼくは小山へいくことができないまま、月日がすぎていった。

ぼくは何年ぶりかで、小さな町の駅におり立った。なつかしい小山——。

しばらくたったころ、ぼくにはおかしなことがときどきあるのに気がついた。

小さな黒いかげが、ぼくの目のはしをかすめて足もとにきえていくような感じだった。

「にげなくてもいいんだよ。なにもしないよ」

「ルルルルルッ」
「それは、きみたちのことばかい」
「セイタカサント　オナジ　コトバヲ　シャベッテルヨ。ワシラハ　ニンゲンヨリ
ズット　ハヤクチナンダ」

ぼくは小山を手にいれた。四日目に小屋ができあがった。

その日は夜にはいって雨がふりだした。

ぽとりと、まくらもとに、雨もりがしたようだった。

すると、いきなり目の前の本の上に、ポトンと音をたてて、宝石《ほうせき》のようなあまがえるが落ちてきた。

それは、あまがえるの皮を着たこぼしさまだったのだ！

「〃コロボックル〃という言葉はきいたことがありませんか? 北海道のアイヌが伝えている、小人族の名前なんですが」

「ワシラノコトハ、〃コロボウシ〃トカ〃コロボッチ〃ナドトモ イウンダヨ」

「きっと、〃コロボックル〃がなまった名前です。やっぱり〃こぼしさま〃はコロボックルなんだ」

「コレハナンダイ」

「小山のあたりの地図だよ」

「ヘエー、ヤマハ　ドコニアルノ」

「そこに、矢じるしが書いてあるだろう。その先っぽさ」

「コンナニ　チイサイノカイ」

「そうなんだ。だが、その矢じるしの先っぽは、きみたちの国だよ。ぼくは、小山に新しいコロボックルの国をつくろうと思っているんだ。小さくとも美しい静かな国をね」

RUHA

ぼくの近くには、あいかわらず黒い小さなかげがあった。

これはヒイラギノヒコたちが、「せいたかさん」と呼ぶぼくの世話係として、ひとりずつ交代でついてきたためだ。そして、合図をすれば、いつでもぼくの手の中にとびこんできた。

「うまくいけば、もうひとり、きみたちの味方がふえるかもしれない」

「ホントカイ」

「うまくいけばの話さ。ぼくも、こんど会ったらきいてみるつもりだが、うっかりすると、やぶへびになるかもしれないんだ」

「ワシラモ、オオムカシハ　モット　ノンキデ、モット　タノシカッタンダヨ。
ニンゲンヲ　コワガッタリ　シナカッタンダ」

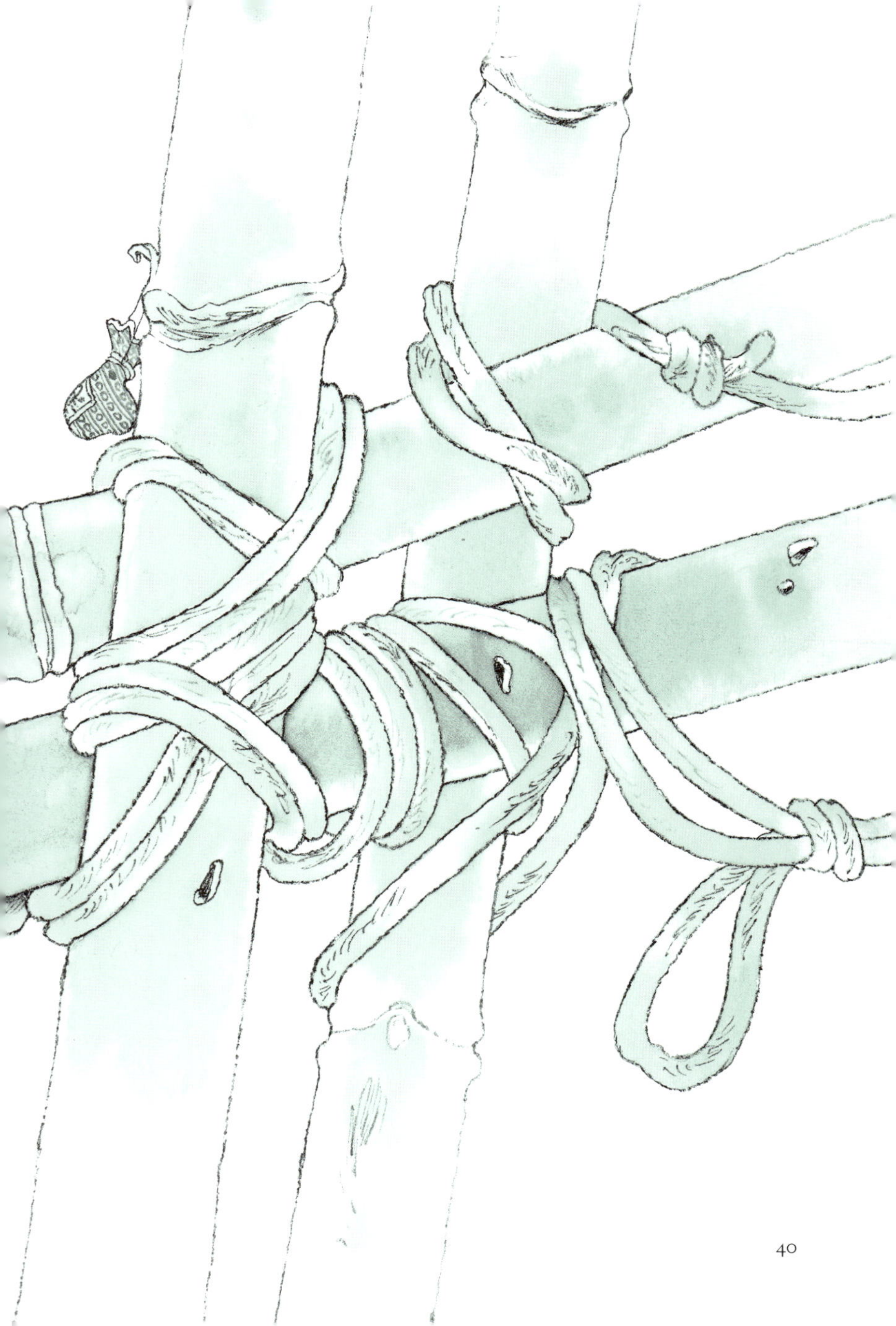

こぼしさまを、地面の下へ追いこんだのは、乱暴《らんぼう》で欲張《よくば》りの人間どもだった。うわさをききつたえたよそものが、こぼしさまをつかまえて、金もうけの種にしようとしたのだ。それも、ひとりやふたりではなかった。

「そうして、きみたちはかくれてしまったんだな」

「ソレカラ　ズットダヨ」

ABC
elephant

ほんとうに
大むかしの小山は、
こぼしさまの天下だった。
いずみのわきにたっていた
小さな祠《ほこら》は、
こぼしさまにとっては
ひろすぎるくらいの
集会所だった。

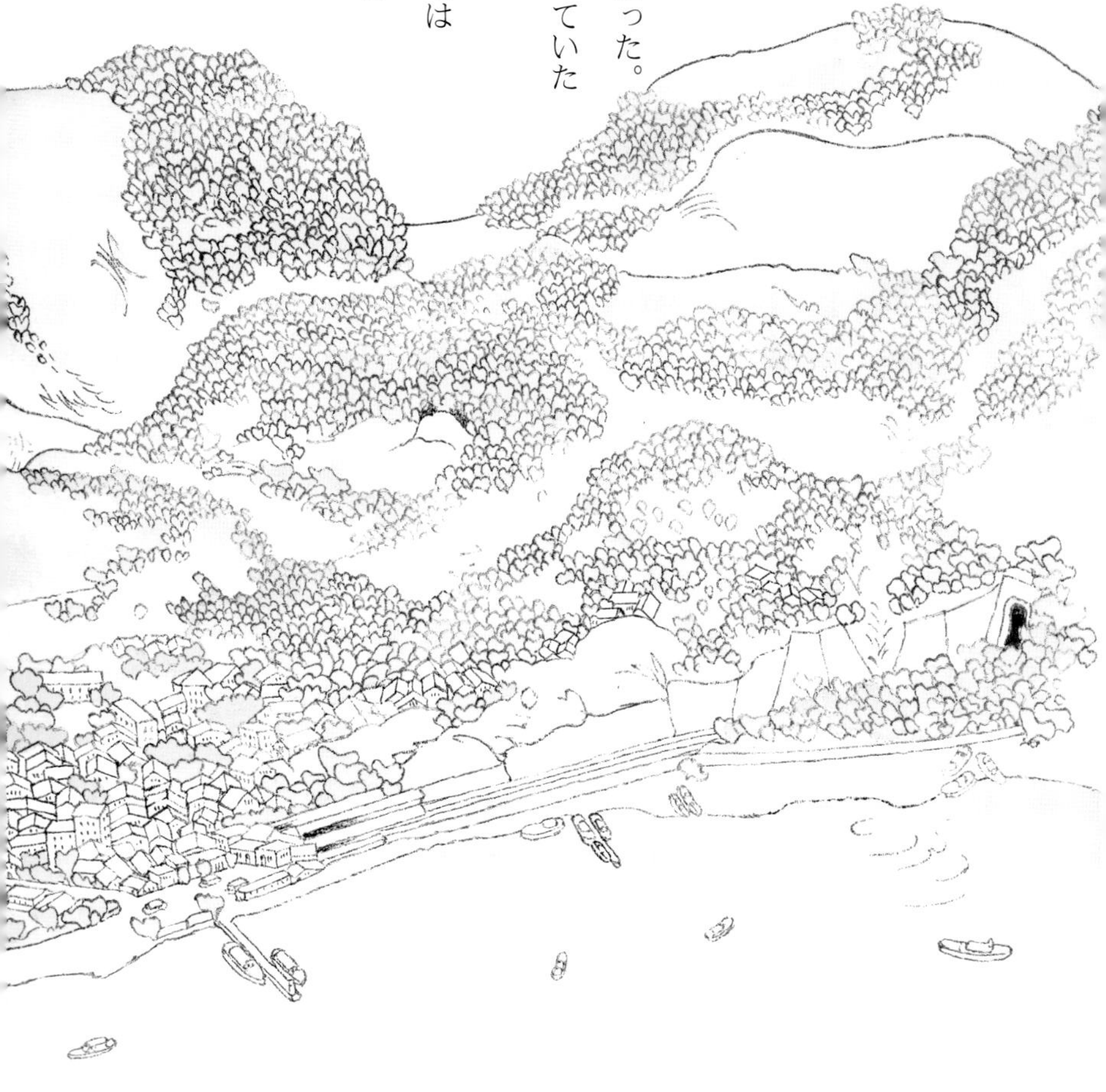

こぼしさまは、人間の目にとまらないほど速く動くことができる。それでもやはり、人の目をよけて動くことは、長くつづくとつかれるのだ。そんなときに、うっかり油断《ゆだん》すると、とんでもない災難《さいなん》がみまう。

　こぼしさまは、ただ心配しているばかりでは、どうにもならないと思った。そこで、自分たちの力で、こぼしさまの味方になってくれる人を、さがしだそうとした。おおぜいの中には、きっと、そういう人もいるにちがいないと思ったのだ。たったひとりでもいい。その人が、たとえどんなに力のない人でも、こぼしさまの考えていることを、ほかの人間につたえてくれるだけでもいいと思った。

――こぼしさまは、知恵《ちえ》をしぼったあげく、ぼくに一度だけすがたを見せることにした。そして、ぼくが大きくなってから、そのときのことをどう考えるようになるか、じっと待っていたのだ。

＊

「もしかしたら……」

ノリコは、すばらしい考えを思いつきました。

「この町にもコロボックルが住んでいて、せいたかさんのときみたいに、私《わたし》を試したんじゃないかしら」

お母さんのお墓《はか》ではねたコオロギみたいな影《かげ》は、きっとコロボックルだったにちがいありません。だって、コオロギが出てくるには、どう考えてもおかしな季節ですもの。


でも、もしコロボックルだとしたら、せいたかさんのときと同じように、ノリコが大人になるまで会いにきてくれないのでしょうか。

どうせトモダチになるなら、早いほうがいいに決まっています。

ノリコは、コロボックルに手紙を書くことにしました。

小さなコロボックルでも読めるように、小さなメモ用紙に、細くけずったえんぴつで、いっしょうけんめい小さな小さな字を書きました。

album
ALBUM-1
おばあさんのひこうき

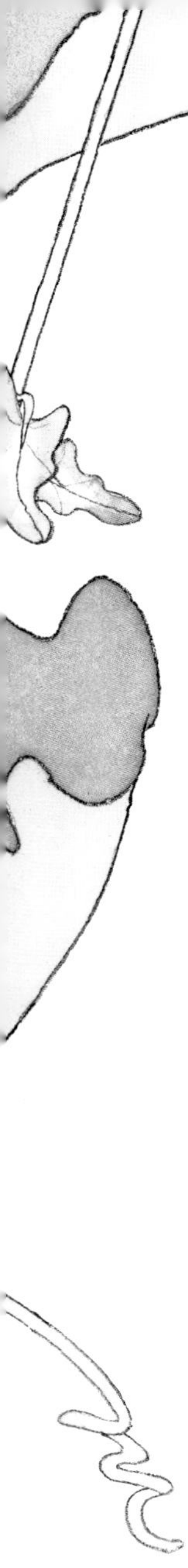

コロボックルさんへ。

はじめまして。私《わたし》の名前はノリコです。

もしかして、この前、私《わたし》のお母さんのお墓《はか》で、すがたを見せてくれませんでしたか？

子どものころのせいたかさんにすがたを見せて、大人になるまで待っていたみたいに、私《わたし》のことも大人になるまで待っているのですか？

そんなに待たなくてもだいじょうぶですよ。

私《わたし》は、大人になっても絶対《ぜったい》にコロボックルを見せ物にしたり、悪いことをしたりしません。

どうか私《わたし》のことを信じてください。

トモダチになってくれるなら、この紙に返事を書いてください。

手紙は、勉強《べんきょう》机《づくえ》の本だなのすみに置きました。

コロボックルが返事を書けるように、折ったえんぴつのしんもいっしょに置いておきました。

何日待っても、返事はなかなか来ませんでした。

でも、しかたがありません。コロボックルは、むかし人間にひどいめにあっているので、ノリコのこともすぐには信じられないのでしょう。

kie
NOR
Cookie

ノリコは根気強く、毎日手紙を書きました。


こんにちは。

今日は給食で野菜いためが出ました。

にんじんがたくさん入っていていやだったけど、好ききらいをしていたら大きくなれないので、がんばって食べました。

コロボックルさんのきらいな食べものは何ですか？

好きな食べものは何ですか？

私《わたし》は、カレーライスと玉子やきが好きです。


今日は体育でなわとびをしました。

ずっと二重とびができなかったのですが、今日はじめて一回とべました。

とてもうれしかったです。もっとたくさんとべるようになりたいです。

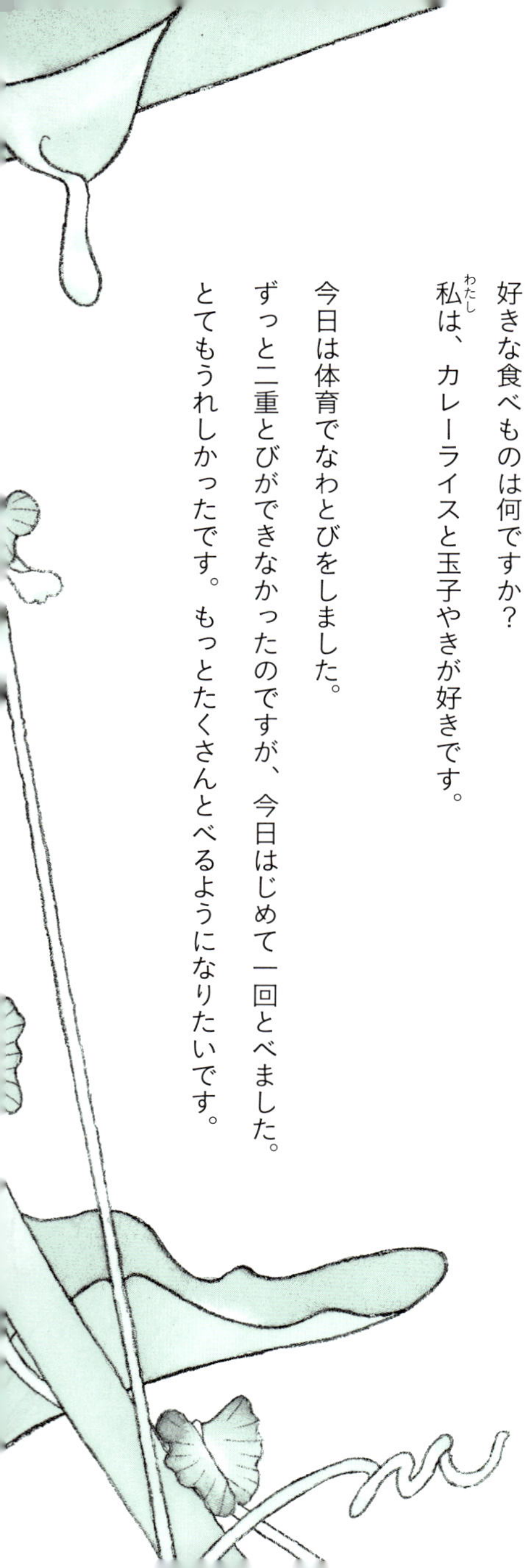

コロボックルさんもなわとびをしますか？
何重とびまでできますか？

今日は雨がふっていたので、学校に行くのがいやだなぁと思いました。
でも、コロボックルさんもあまがえるのかっぱを着て出かけているんだろうな、と思ったら、そんなにいやじゃなくなりました。

「ノリコ、コップをちゃんとかたづけなさい」

いけない、いけない。

おやつのときに牛乳《ぎゅうにゅう》をのんで、のみかけのコップを出しっぱなしにしていました。

ノリコがコップをかたづけにいくと——

今のはきっと、コロボックルにちがいありません！

（お母さんのお墓《はか》からうちまでついてきたんだわ）
（やっぱり、私《わたし》がトモダチになれるかどうか見張《みは》っているんだ）
（私《わたし》がおやつを食べおわったと思って、うっかり出てきたのね）
（それとも、牛乳《ぎゅうにゅう》が好きなのかしら）

ノリコの家の牛乳《ぎゅうにゅう》は、農家をやっているお父さんが毎日自分でしぼっています。

あまくてとろっとしていて、さわやかな草のかおりがします。

コロボックルが牛乳《ぎゅうにゅう》を好きなら、きっとのみたくなることでしょう。

ノリコは、家じゅうでいちばん小さなコップを探《さが》して、コロボックルのために牛乳《ぎゅうにゅう》を出してやりました。


コロボックルさんへ。

さっきは、牛乳《ぎゅうにゅう》をのむところをじゃましてしまってごめんなさい。うちのお父さんの牛乳《ぎゅうにゅう》はとてもおいしいので、のんでください。

牛乳《ぎゅうにゅう》は朝になってもぜんぜんへっていませんでしたが、ノリコはがっかりしませんでした。

用心ぶかいコロボックルが、ノリコを信用して牛乳《ぎゅうにゅう》をのんでくれるようになるには、まだまだ時間がかかるに決まっているからです。

ノリコは、手紙といっしょに毎日牛乳《ぎゅうにゅう》を取りかえてやりました。

やがて、夏休みがやってきました。

ノリコは、お姉ちゃんといっしょに、親せきのおじさんの家に遊びにいくことになりました。

　コロボックルさんへ。
　明日から何日か、おじさんの家に遊びにいきます。
　そのあいだは手紙を書けないけど、帰ってきたら、また書きます。
　牛乳《ぎゅうにゅう》を出しておくので、よかったらのんでください。

「ノリコ、おじさんがおむかえにきてくれたわよ」

「はーい！」

おじさんの家から帰ってくると、ノリコはまっさきに本だなの手紙のところへ行きました。

すると、コップの牛乳《ぎゅうにゅう》はつるんと白くかたまってしまっていました。ほんのりすっぱいにおいがします。

「あーあ、出しっぱなしにしてるからだぞ。くさっちゃったから捨《す》てなさい」

かたまってしまった牛乳《ぎゅうにゅう》は、ひどくまぬけに見えました。

ノリコはだまってコップをかたづけました。

コップのへりにこびりついてしまった牛乳《ぎゅうにゅう》をこそげながら、どんどんみじめな気持ちがわきあがってきました。

やっぱり、コロボックルはただのお話だったのです。

いるはずがないものに、毎日手紙を書いたり、牛乳《ぎゅうにゅう》をおそなえしたり、小学生にもなった女の子が、一体なんておばかさんだったのでしょう。

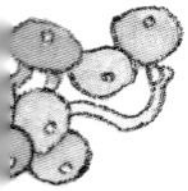

——それから、ずっとずっと時間がたって、ノリコはすっかり大人になりました。

働きもののお父さんは、今はお母さんといっしょに眠《ねむ》っています。

やさしいお姉ちゃんには、だんなさまと子どもがいます。

子どもは、元気でやんちゃな男の子です。

お姉ちゃんの一家は、ときどきノリコが一人ぐらしをしている町に遊びにきてくれます。


「なに読んでるの、サトル」

「これ！」


「ねえ、コロボックルってほんとにいるのかなぁ」

「え？　さあ、それは……」

「いたっておかしくないわよ、北海道は広いんだもの」

「姉さん」

「あんただって子どものころは信じてたでしょ」

YOKOHAMA

「ノリコおばちゃんは、サトルと同じくらいのころに、毎日コロボックルにお手紙を書いて、牛乳《ぎゅうにゅう》をおそなえしてたのよ」

「へえー！　コロボックル、出てきた？　会えた？」

「手紙も牛乳《ぎゅうにゅう》も途中《とちゅう》でやめちゃったの」

「どうして？」

「おそなえした牛乳《ぎゅうにゅう》がくさっちゃったから」

「くさったってどんなふうに？」

「コップの中でつるんと白くかたまって、すっぱいにおいがして……まるでヨーグルトみたいな」

「えっ、じゃあヨーグルトになったんじゃないの？　ヨーグルトって牛乳《ぎゅうにゅう》からできるんでしょ？　もしかしたら、コロボックルが夜中にヨーグルトをつくりにきてくれたのかもしれないよ！」

「まさか」

「食べてみた？」

「食べてはないけど……」

「食べなかったんなら分かんないよ！　ぼくもおそなえやってみようっと」

「……食べてみたらよかったわね」
「姉さんったら」
「だって、あのときの牛乳《ぎゅうにゅう》、くさったにおいはしなかったわよ」
「……あのままおそなえと手紙を続けてたら、今ごろトモダチになれたのかしら」
「せいたかさんの前に出てきたのも、せいたかさんが働きはじめてからだったじゃない」
「おしいことしちゃった」

サトルが牛乳《ぎゅうにゅう》を持ってもどってきました。

「牛乳《ぎゅうにゅう》、どこに出しとけばいい!?」

「どこでも好きなとこに出していいわよ」

「姉さん……」

「いいの、いいの。どうせあの子は一週間もたたないうちに忘《わす》れちゃうに決まってるんだから」

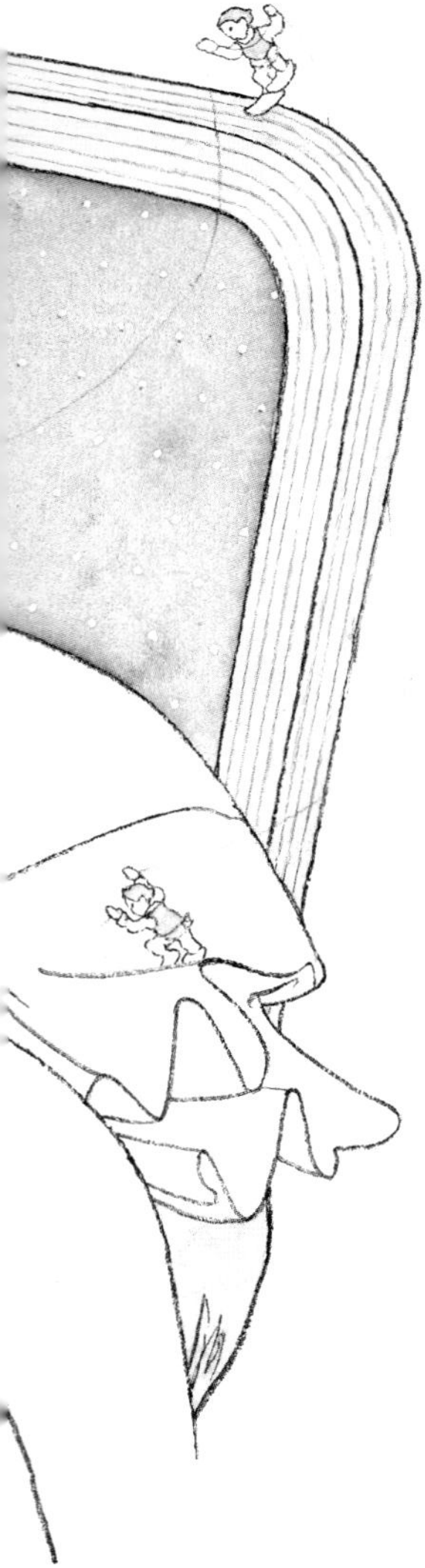

……そうして、サトルはといえば、牛乳《ぎゅうにゅう》のおそなえを三日で忘《わす》れたそうです。

あとがき

私《わたし》も子どものころはノリコと同じことをしました。

牛乳《ぎゅうにゅう》がヨーグルトになってしまったところも同じです。


初代『コロボックル物語』を書かれた佐藤《さとう》さとるさんは、日本じゅうの子どもたちにコロボックルというトモダチをくれました。

きっとたくさんの子どもたちが、私《わたし》と同じように自分の身のまわりにコロボックルを探《さが》したことと思います。

それくらい、佐藤《さとう》さとるさんの書かれたコロボックルは、真に迫《せま》っていたのです。

きっとコロボックルは本当にいて、佐藤《さとう》さとるさんはコロボックルを見ながら、コロボックルの話を聞きながら、『コロボックル物語』を書いたにちがいない。――日本じゅうのたくさんの子どもたちがそう信じたのです。

私《わたし》は大人になってから、佐藤《さとう》さとるさんとお会いしました。佐藤《さとう》さとるさんのご自宅《じたく》は、『だれも知らない小さな国』に出てきたせいたかさんの小山のおうちそっくりでした。

「いらっしゃい」と出てきた佐藤《さとう》さとるさんは、見上げるほど背《せ》が高くて、せいたかさんがそのまま年を取ったようなおじいさんでした。

おうちに上がると、奥《おく》さまがお茶を出してくださいました。まるでおちび先生がそのまま年を取ったような、小さなかわいいおばあさんでした（お若《わか》いころは、きっとすごく美人だったにちがいありません）。

私《わたし》は思わずたずねました。

「せいたかさんは、佐藤《さとう》先生だったんじゃないですか？　コロボックルも本当にいるんじゃないですか？」

佐藤《さとう》さとるさんはにっこり笑って、私《わたし》にこう言ったのです。

「ぼくは、今の時代の子どもたちも、今の時代のコロボックルとトモダチになれたらいいいなぁと思っているんだ。有川《ありかわ》さん、新しい『コロボックル物語』を書いてみないかい？」

そうして、新しい『コロボックル物語』のおひろめとして、この本が出ること